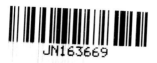

ユニヴェール 3

ピース降る

田丸まひる

Mahiru Tamaru

書肆侃侃房

ピース降る＊もくじ

装画　夜舟「脱衣」

次に目が覚めたら言うよそれまでは一葉の舟に満たすあかるさ

ピース降る

笑ってほしいだけだったんだ冬の雨スープはるさめ食べ比べして

感情を言い表せる言葉より花の名前の方が多いね

しらしらと揺れる言葉にみずいろの付箋を溶けてゆくように貼る

胸骨にくちをつければ笑い出すきみが片手で飲むVolvic

＊

ごみ箱のジュースパックのストローの射程に入ってみるおぼろ月

図書館の出窓に重ねられたまま眠る楽譜のよう春の日は

心臓をさわってみたいあたらしい牛乳石鹸おろす夕刻

海の映画の名前を思い出せなくて舌に翡翠を転がすように

*

雪のような夜の春だねいつまでもきみは無料の音楽を聴く

＊

＊

*

*

可愛くて申し訳ない

可愛くて申し訳ない　ふみづきの帽子に深くしずむそらみみ

こころには水際があり言葉にも踵があって、手紙は届く

生まれたかった季節のことを言いながら冷凍果実つまむ指先

脱ぎ捨てるものが足りない天井が鏡の部屋に逃げ込んだのに

ゆるされることよりずっと快感と知ってゆるしたことがあります

こいびとの名前はわたしが呼ぶための詩（だったらいいな）西日の隙間

それなりのほどよい孤独ひとつずつふたりの夜の釦を外す

聴覚がほろびるような気だるさを沈めて遠い夏の浴槽

一日のわたしをひとり終わらせる戦争の夢を見そうな気がする

そして声　ようやくブラインドを下ろし室内温度を濃くする遊び

ロッキンホースバレリーナ

檸檬水きみは言葉のすみずみに裏地をつけてつつんでくれる

自撮りブスみたいな顔の為政者がまばらにひかり浴びる八月

眠らない宝石箱に外されたばかりの指輪しっとり落とす

塩漬けの花をくずしてでもあれは嗤われたって知っていたよね

昨日まで戦前でしたゼラニウムオイルを髪になじませる朝

きみが踏みにじった柔らかいものはわたしの胸の内側のなにか

でも自撮りやめないきみが可愛くて可愛くなくて夜霧がしみる

祈りとは家族映画に怯むときゆびのすき間に挟まれるゆび

こころとは紺色の鳥やわらかく抱いてひらけば羽ばたくのだから

ひとの眠りにつばさを重ね

ほどけない微熱どうしてこの熱は言葉に変化しないんだろう

キャベツ一枚剝がしそのまま翳る春ひとの眠りにつばさを重ね

手ざわりを理由に選ぶあたらしい便箋　言えば言うほど遠い

傲慢はうつくしいのにあのひとがそうでもなくてわたしみたいだ

水色のショールをゆるくなびかせて毒針をもつこころの背びれ

あやめあやめたぶんこれから繰り返すあやまちさえもわたしのものだ

また老いを口にするねと笑われて天然水で飲むロキソニン

半身をぬるく夕陽にひたす日のわたしも夏の鳥になれない

来年の孤独は苦いざらざらの顆粒が舌の奥に残れば

詩は祈り、祈りのように

雨は檻、雨はゆりかご寒がりのきみをこの世にとどめるための

言い訳のところどころの関節が軋むつめたい夜のブランコ

ほんの少し空中に生をとどめおき息苦しさは生きる苦しさ

つめたい床にくずれ落ちたら永遠の眠りにきみの好きな花の匂いを

跳ねあがるような癖字を書いていたきみがきみにだけ向けた暴力

だってまたおいで待ってるからねって言ったよね言ったよね言ったじゃないか

語り尽くせることなどなくて雪晴の朝の紅茶の葉をひらかせる

詩は祈り、祈りのように息を吸いかなしみをしめらせてまたこぼす日々

またねってハイタッチした手のひらで花壇の土を少しくずして

背表紙にふれれば体の奥にあるこおり共鳴するような本

掻きむしるような歌しか慰めにならないストロー噛んで歩いて

感情を新しくする前髪にすっと鋏を差し入れながら

冷えた苺を飲み下す夜のひずみからまだあたたかい手をのばしてよ

菜の花を食めばふかぶか疼くのは春を紡いでいる舌の先

眠りの森に

ほろほろと生き延びてきて風を抱くきみの感情のすべてが好きだ

明日があれば全部聞いてよティッシュみたいに配り倒した夏の記憶を

やわらかく耳ふさがれる夕方の潮騒だれかの声、だれかの声、だれかの

見なかったことはなかったことですかシャンパングラスの花の彫刻

水深の浅すぎる嘘　煮凝りを舌に落とせばようやく甘い

こころだけ飛び降りたくて体だけもたれかかった宵闇の書架

雨が降ったら水族館に行きましょう退屈を美化せずにいましょう

書きかけの手紙に伏せて眠るときだれかを待っている雨後の森

感情を青いスピンに預けたら冬のあなたを先に見送る

明日も目が覚めてうれしい　うれしいと発音すればうれしい限り

あすを生きるための歌

きみ、いのちの削り方を知らない
皮膚の一枚奥の海は熟れていたのに
夜のつめたい林檎を剝きながら
くずれているの誰かのこころ

一生のうちに見つけられる螺旋階段の数、野生のような林檎紅茶の味、まぶたにのせる鱗粉、YouTubeが教えてくれる世界の果て、銀色の神様、おしゃべりと嘘と物語の境界線が熱にほどけて、きつい髪をほどいて、朝が来ればこの地獄から解放されるって、夢は早送りして指をからめて、きみの口紅を小指の先でぬぐってわたしの目じりに塗って、たましいがパレードを終えるまで、燃やされた靴を悼み、なじられた耳を存分にあたためて、

生き延びることを決めないきみも好きくずれているのわたしのこころ

指先にぴっとにじんだ血液を舐めて占いなんて嫌いだ

雪の味が日ごとに変わるうれしさをガードレールにもたれて話す

おとといろの洪水
シナプスが作り上げた墓場
感傷をよせて入れるための器
からだに字を書かれて生まれてこなかった理由を教えて
生きるための動機を脳溝《のうこう》に刻んでくるのを忘れたの
胎内でカッターナイフを見つけられなかったから

海に行く約束のようありふれた慰め合いをつなぐ早春

つまらない日々をください湿っている夜と朝との接合をもう見たくない

傷痕は表皮に残るだけというきみのたましいが終えるパレード

きみの左眼の海をわたしがのぞき込んでいたとき、きみはわたしの右眼の海を見ていた。生き延びた先も地獄なら、にじむように燃える虹色の言葉の中を手をつないで逃げよう。からだは海だから、冷たい視線に溺れてもいつか浮き上がるから、もう、おいでよ、

たましいのパレードがきれいごとにはじかれて
あす死ぬかもしれないきみがきのうを生きていること
くちびるを変なかたちに歪めて笑うのがかわいく
かわいくないいのちなんてないよ　　　　そこにいて

（さびしさを切って）
（かなしみは飛び降りた）
（うれしさは首を吊り）
（やさしさに火をつけた）

（感情に溺れる）　　　　　　（かわいくない）
（すべてのきみと）
（指切りを）

明け方のつめたい皮膚の細胞が滴っている若い晩年

今朝なにを食べてきたのか細すぎる手首を噛めば林檎のにおい

また明日を生きておいでよポケットのカッターナイフ光らせながら

空がほつれる

目覚めたらだれかの夢を生きているような朝日とゆるい蜂蜜

こころにも側副血行路は生まれきらいなひとの前で笑った

ちぎり絵の空のほつれをゆびさきで直してロキソニンが効かない

好きなひとのきらいなことをし尽くしてはつなつの風邪長引いている

スクランブル交差点にも次々と傘が開いて、　もう笑わなくてもいいかな

夏のひかりに木々は明るさ濃さを増し駅のホームで塗る日焼け止め

夏帽子いつか呼ばれて振り返る向こう側には来世があるの

沙羅双樹まぶたの裏の風景に光が差して、見えますように

花束を引きずるほどの一日を果ててだれかの夢にとけたい

この部屋で死のう

ここからは一緒に生きている日々を更新しつつ生きていく日々

あかるさはあなたの頬に深々とにじみ小雨の速度を　来なよ

透明のアクリル皿に並んでいる合鍵と鍵のかたちが同じ

映画誌をめくる速度も少しずつゆるみほろほろこぼれる眠気

意思のあるスプーンになり金色のゼリー舌から舌へと運ぶ

まひるまのジェリーフィッシュのゆるゆらと捕らえ合うほどよく眠りたい

言い訳をするときいつもひんやりとシンクにもたれたがるばかもの

冷やしすぎた苺が喉を通り過ぎこのひとと結婚はしないと思う

夜に夜の手紙を書いて折りたたむ春には春の映画を観よう

かなしみは咀嚼できるのとか、知らない

まっとうな冬の明け方　切りたての腕に滲んでいる血がださい

ねっとりと油絵具をつけられたような言い訳、　息するための

少年のラップを遠く聴きながら二重扉の外へと向かう

いくつかの冬をあなたと呼吸する　死にたいひとを殺せないまま

首吊りは「縊頸《いっけい》」ふるえる字を書いて冷たくなっていくわたしの手

過呼吸の背中に寄せる手のひらが、お母さんより熱いって、言われても

またねは祈り暗喩ではなくまたあした昼夜逆転していても来て

先生も切ってみろよとカッターを突きつけられて吐く白い息

めずらしく大粒の雪　帰らずに好きな仕事を好きなだけして

夜空の死角

明け方のひとさし指はパン屑をぬぐい祈りの言葉をつづる

ざらりおん金平糖を踏むような会話のざらりおん、ざらり、おん

このひとも空から垂れているような姿勢で冬の氷菓をねぶる

半年は死ねないように生き延びるために予定を書く細いペン

合鍵を束ねて夜を見上げても知らない星座には帰れない

霧雨のありす調剤薬局の硝子戸に身を寄せる黒猫

何度脱いでもこんなの遊び生きて生きてわずかな白い毛束に触れる

星ひとつ滅びゆく音、プルタブをやさしく開けてくれる深爪

ひとつまみの塩を小鍋に振るきみは冬に見つからないで生きてね

こなごなだ。でも見えない。こころが硝子じゃなくてよかった。

Godzilla

きらきらと痛むこころの水底にやわらかい尾が動き始める

祈るように冷たい朝を起きるとき神様の吐く熱を浴びたい

ため息をひとつ静かに飲み込んでペットボトルのラベルを剥がす

傷つけるためにあなたに会いに行く在来線をたどる指先

たぶん解凍できない言葉ちりばめて伝える理想的なvisionを

黄昏に淹れるカフェ・ラテ菓子箱のビルをいくつも組み立てながら

いろづかい

輪郭にしがみつく日は数ミリを息するようにまつ毛を伸ばす

こころのままの顔をさらせばぶさいくの笑えるほどのほんと可愛い

頬ぼねの熱を鏡にうつすのはVitamin Cの足りている午後

花疲れゆるいオイルを擦りこんだゆびは蜂蜜みたいにとける

ひあしんすのむらさきいろのアイライン跳ねてあげれば愛せるかしら

せめて声はやさしい処理をほどこしたから歌っていてもいいって言って

透きとおる傘をわずかに傾けてわたしは色をこらえきれない

わたしの果てにわたしはいない

ピリオドを拾いそこねて空港の木村屋桜あんぱん齧る

グラファイトヒーターしまう春の闇わたしの果てにわたしはいない

寝返りの向こうに夜のつなぎ目を数えてひとは静かに老いる

ありとあらゆる未遂に指をからませて東京の話をしてもいいかな

生活の中に輪ゴムを拾うとき憎しみのほんとうにかすかな息吹

この国は言葉が灰にされていく国だ　静かに深く吸う息

月さえもしめらせる慈雨ためらいを知らないひとの嘘かぐわしい

色彩に抱かれたようなその日々を風にピアスを刺して遊んだ

ポケットの奥の荒野に文庫版詩画集を入れ抜ける改札

夏に老いた素足にニベアクリームを伸ばす記憶の雪はたどれる

カプチーノ、毛布、銃口　生まれたかった理由をみんな忘れてしまう

借りていた傘を返しに行くときの時雨『カフェー小品集』を鞄に

ぼろぼろになればよかった

約束をひとつかなえてもらえたらそれでいい冬を巻き取りながら

Amazonの箱にたっぷり雪を入れ名づけたくない季節を過ごす

食卓に植物図鑑ひらいたらひらきっぱなし笑いっぱなし

如月のその表情が一枚の絵になるようにまぶたを閉じる

くるみパンの熱にくずれていくジャムの林檎の香る雪の日の朝

笑い声に小石が潜んでいるような気がして首をかたむけたのに

言い訳の作法もうつくしいひとのゆりのストラップがゆれている

泣きながらうつむく時の首のほね　なんて小さな獣だろうか

辞書にない言葉で罵倒されながらつめたい降車ボタンを探る

感情のようにからだもぼろぼろになればよかったアカシアの花

目覚めたらそこにいてほしかった

好きだった歌詞も忘れた朝焼けに遠く浮かべているバスライト

自己診断浮動性眩暈ひんやりとゼラチン質の廊下を歩く

雨のあと匂いたつ花　きみがまた忘れていった傘を開けば

さくさくと手術日を決め仕事用手帳にざくざく記す梅雨入り

ばかみたいに癒着している卵巣のモノクロームがきらきら痛い

点滴の霖雨　思いのほか冷える午後にひとからいただく紅茶

骨までも黴びている気がする夏の夜明けをつつむ言葉がほしい

★

術前のライブチケットひそませた財布を薄い金庫にしまう

ねむりとは群青色の緞帳の裏地　儚い麻酔のねむり

お見舞いの手紙のような陽のなかに目覚めの体動かずにいる

置き去りにされた時間を取り戻すように触れたい指があるから

見える傷、見えない傷に手のひらをあてられながら見る窓の雨

きみの花冷え

あげたかったのは
小指の爪ほどの冷たい飴
涙はぬるいままこぼれて甘い地図になる
どこに逃げても
きみはしあわせになれるよ
感傷を噛んでにじんだ血の味を忘れなければ
百万色のなかから好きな色を
探さなくても
しあわせになれるよ

ふるびた言葉を訳さないで
ほろびた言葉で祈らないで
鉛筆の芯が刺さったことを何万回も言うきみの
冷えていく足を切り落とすような
絶望は砂漠の中でも

こころの裏側の駅に降り立つ

歌を胸に
倫理は亡骸に
嘘には麻酔を打って
足の裏で踏んだ花びらを
もう誰のものにもならない約束をちぎって
未分化だった言葉を白い画用紙にぶちまけた

感傷を折りたたむように祈るようにサクラクレパス重ね塗りして

たぶんこれも薄らいでいくひかり

じゅわじゅわとふくらんでいく友人の桃の下腹部なでる冬の日

助手席の窓にもたれている顔に表情がなさすぎて笑った

オリオン座わたしがひとを産むときに燃え尽きていく夢を見させて

若いひとと軽くくくられクロッカスわたしはわたしのために笑った

貸したまま返ってこない一冊の詩集を拾う夢の浮橋

たぶんこれも薄らいでいくひかりだと感情ばかり記録している

なぜ無理かわからないまま無理ですと言ったあかるいアドバイスにも

なにがほしかったかときどきわからない縫合痕にのばすクリーム

知るほどにわたしには育てられないと思うばかりの生活がある

くせのある休符のような相づちを聞きつづけたい台風の夜

にじむように消えるいのちだふたりとも骨をうずめるまで抱き合って

泣く前に泣かせる方の運命を選ぶ蜂蜜色の朝焼け

grief work

夏痩せのつめたい膝にふれられるふたり暮らしの小さな枢

心音を重ね合わせて心音をからだのなかに泡立たせたい

石鹼の青い匂いをかぎあって息苦しさは生活になる

午後からは雨　秋物のやわらかいノースリーブを勧められても

友達の子どもの話をしたあとの存在しない子どもの話

「結婚は三回くらいしなさい」と占いのひとに手を握られて

長き夜のスマートフォンの体温がひとの温度をこえてゆくまで

まだ少し眠い明け方ゆっくりと体温表に星座を描く

夏よりも重たい生地を一つずつ吊るし季節を越える一日

わたしより先に死ぬって決めているあなたが先に冬になりゆく

☆

でも風が吹く　あなたからいただいた手紙をさらりさらりとめくり

あとがき

生きていくことはだれかと言葉をかわすことであったり、ふれあうことであったり、だれかの作った音楽に救われることであったりするのだと思う。わたしはひとりじゃないし、あなたもひとりじゃない。昨日は「大森靖子の京都旅行」というライブに行って、ピアノで演奏された一曲目を聴いている途中から、しあわせになりたくて、だれかをしあわせにしたくて仕方がなくて、涙が出た。一昨日はヒロネちゃんの「浴槽プランクトン」という曲を何度もリピートして、ひとと話がしたくなった。他愛のない話でよかった。

毎日毎日、だれかと何かでつながって生きている。特に用事がなくてもかかってくる友人からの電話、愛と憎悪が入り混じったライン、知らない女の子がたぶん緊張しながら送ってくれたツイート、精神科医としての仕事で出会うひとたちとの会話。すべてが尊く、すべてに生かされている。そのつながりが、時には突然断たれてしまうこともあって、「じゃあまたね」ってハイタッチして見送った女の子と、永遠に会えなくなったこともある。ここはきみが、だれかとつながって生きていたはずの世界だ。また会いに来てほしかったし、何度でもハイタッチをして別れたかった。

だれかの代わりを生きることはできなくて、わたしはわたしでしかない。現在のこの国における結婚というシステムに諸手を挙げて賛成をしているわけではないけれど、あたらしい生活をはじめた。十年ぶりに入院して、手術をした。あたらしい職場で、あたらしい仕事に挑戦することになった。だれかの代わりではないわたしは、だれかとつながって、だれかと一緒にいられなかった世界を生きている。しあわせになりたいし、しあわせにしたい。あなたと一緒にしあわせになりたい。

しあわせの破片が、いつまでも降りつづければいいと願っています。あなたにもわたしにも、だれかにも。刺さって、時には痛い思いもした破片を言葉として縫い上げたら、こんな風に歌になったので、残しておきます。『ピース降る』はわたしが生きてきた、生きたかった証としての歌集です。あなたと出会えて、うれしいです。

歌集を編むにあたっては、田島安江さん、黒木留実さんをはじめとした書肆侃侃房の皆様に大変お世話になりました。感謝しております。また、師である加藤治郎先生や、多くの友人たちに、たくさんの励ましをいただきました。いつもありがとうございます。シンガーソングライターのヒロネちゃんには、歌のように素敵な帯文を書いていただきました。夜舟さんには素敵な絵を装画として使わせていただきました。本当に感謝しています。

あなたと出会えて、うれしいです。また明日を、生きていきましょう。

二〇一七年四月

田丸まひる

■著者略歴

田丸 まひる（たまる・まひる）

1983年徳島県生まれ、精神科医。
2011年「未来短歌会」入会、翌年に未来賞受賞。
2014年より「七曜」同人。
しんくわとの短歌ユニット「ぺんぎんぱんつ」としても活動中。
歌集に『晴れのち神様』（歌葉）、『硝子のボレット』（書肆侃侃房）

Twitter：@MahiruTamaru
メールアドレス：tamaru.mahiru@gmail.com

「ユニヴェール」ホームページ　http://www.shintanka.com/univers

ユニヴェール3
ピース降る

二〇一七年五月二十六日　第一刷発行

著　者　田丸 まひる
発行者　田島 安江
発行所　書肆侃侃房（しょしかんかんぼう）
〒八一〇・〇〇四一
福岡市中央区大名二・八・十八・五〇一
（システムクリエート内）
TEL：〇九二・七三五・二八〇二
FAX：〇九二・七三五・二七九二
http://www.kankanbou.com　info@kankanbou.com

装丁・DTP　黒木 留実（書肆侃侃房）
印刷・製本　大村印刷株式会社

ISBN978-4-86385-263-1　C0092